내가 그린
히말라야시다
그림

내가 그린
히말라야시다
그림

성석제 소설 ─ 교은 그림

창비

차 례

내가 그린
히말라야시다 그림

◇◇◇◇◇◇◇◇◇◇◇◇◇◇◇◇◇◇◇◇◇

0

그때 말해야 했을까? 아니, 모르겠어. 다시 그때가 된다면 내 입으로 말할 수 있을까. 아니 그것도 몰라. 내가 아는 건 내가 말할 수 있었지만 말하지 않은 그 일 때문에 내 삶이 달라졌다는 거야. 그래, 달라졌어. 그 일이 아니었다면 나는 다른 직업을 가졌겠지. 남을 속이는 교활한 장사꾼? 명령에 충실하게 따르는 군인? 뭘 했을지는 몰라도 지금

처럼 그림을 그리고 있지는 않겠지.

그 일이 일어난 건 내 탓이 아냐. 그건 확실히 그렇다고 말할 수 있어. 우연이야. 아니 누군가의 실수지. 내 실수는 아니라구.

나는 그림에 천재적인 재능이 있어. 겉으로 보면 그래. 지금 내가 그린 그림이 우리나라에서 가장 유명한 화랑의 벽을 장식하고 값비싸게 팔리고 있는 것만 봐도. 이런 척도를 속물적이라고 해도 할 수 없어. 사실이 그러니까. 내가 재능이 없으면 내 그림을 산 사람들이 엄청나게 손해를 보게 되겠지. 그러니까 아무도 의심하지 않아.

나 혼자 내 재능을 의심하지. 나를 의심해 왔지. 그날 그 일이 있은 뒤부터. 혼자서만, 조용히, 아무도 모르게, 그 누구도, 나를 미술의 길에 들어서게

한 아버지도 모르게, 만난 이후 수십 년 동안 내가 그림을 그릴 때마다 격려하고 내가 벽에 막혀 더 나가지 못하고 서성거리거나 좌절할 때마다 나를 위로해 준 내 아내도 모르게. 내게 이런저런 상을 안겨 준 평론가들, 원로들, 스승들이라고 알 수 있었겠어? 나는 이런 내 마음속을 들키지 않으려고 무진 애를 썼지. 내가 타고난 재능을 한 번도 의심해 본 적이 없는 것처럼 말하고 다녔지. 고개를 쳐들고 상대의 눈을 쏘아보며.

생각해 봐야겠어. 왜 그 일이 생겨났는지. 그 일은, 그 사건의 싹은 초등학교 3학년 때 자라기 시작했어. 그래, 천수기 선생님. 천 선생님이 내 담임 선생님이 되면서부터야. 선생님은 아버지의 초등학교 동창이었어. 졸업생이 스무 명도 안 되는 학교의 동창. 두 사람은 그 졸업생 중에서도 가장 친한 친구였지. 한 사람은 교사가 되었지만 한 사람은 그렇게 되고 싶어 하던 화가가 못 되고 농사를 짓는 사람이 되었어. 졸업한 이후 각자 서른 살이 되기까지 만나지 못했지만 서로를 잊지 않고 있었지.

아버지는 염소를 팔러 나갔다가 장터에서 선생님과 마주쳤어. 두 사람은 십수 년 만에 만난 어린 시절 친구를 금방 알아보지는 못했어. 선생님은 밀짚모자를 쓰고 흙탕물이 튄 옷을 입은 농부에게서 어린 시절 친구의 모습을 떠올리면서 그의 행동을 유심히 바라보고 있었지. 선생님이 지켜보는 동안 아버지의 염소가 팔렸고 아버지는 돈을 손에 든 채 읍내에 하나밖에 없는 화방으로 갔다지. 그걸 보고 선생님은 아버지가 어린 시절 친구라는 걸

확신했지. 군 전체 인구가 20만 명, 읍내에 사는 인구가 5만 명 정도밖에 안 되는 작은 도시에서 화방까지 가서 그림 재료를 살 사람은 흔치 않았지. 미술 선생님이라면 그럴 수도 있겠지만 아버지는 장화를 신고 염소의 목에 달려 있던 방울을 손에 쥔 농부였어. 선생님은 아버지를 뒤따라 화방 안으로 들어갔고, 두 사람은 거기서 서로에게 남아 있는 어릴 때의 옛 모습을 찾아냈지. 다가서서 손을 맞잡았어.

"자네는 어릴 적에 공부를 그리 잘하더니만 결국 아이들 공부를 가르치는 선생님이 되었군. 양복과 자전거가 잘 어울려. 어디 사는가?"

선생님이 근무하는 초등학교 근처에 산다고 말하고는 아버지에게 아직도 그림을 그리느냐고 물었어.

"어, 내 아들놈이 지금 열 살이야. 난 아버님의 유언 때문에 그림을 포기한 대신 장가는 일찍 갔다네. 그 애가 그림에 재능이 있는지는 모르겠지만, 내가 그래도 한때 그림을 좀 그렸던 사람으로서 재료는 좋은 걸 써야겠기에 우리 형편에는 좀 과분하지만 이리로 온 걸세."

아버지는 화방에서 권하는 크레파스와 스케치북을 집어 들었어. 선생님은 아들이 어느 학교에 다니느냐고 물었어. 아버지는 내가 다니는 학교를

말했고 그 학교는 바로 선생님이 막 전근 온 학교였어. 선생님은 마침 3학년 담임을 맡은 터였지.

"그럼 자네 아들 이름이?"

"선규일세. 백선규."

선생님은 소리 내어 웃었지. 선생님 반에 우연히 내가 있었기 때문에. 이 우연 때문에 내 인생이 달라진 걸까. 아니야. 자신이 담임을 맡은 반에 친구의 아들이 있다는 게 흔한 일은 아니라도 있을 수 있는 일이지. 문제는 그다음이야. 그날 저녁 집에 온 아버지는 내게 말했어.

"읍에서 네 담임 선생님을 만났다. 그 사람이 아버지의 친구더라. 그렇다고 너를 다른 아이들보다 잘 봐줄 거라고 생각하지는 마라. 오히려 이 아비의 얼굴에 먹칠을 하지 않으려면 다른 아이들보다 훨씬 더 노력해야 한다."

다음 날 아침, 조회가 끝난 뒤에 선생님이 나를 부르고는 복도에 세워 놓은 채 말했어.

"네 아버지가 내 친구라는 걸 들었겠지? 그렇지만 선생님은 친구의 아들이라고 봐주지는 않는다. 뭐든지 더 열심히 해야 해. 알았느냐?"

나는 두 사람 모두에게 고개를 끄덕이며 "예."
하고 대답했지만 두 사람의 마음에 들기 위해 뭘
어떻게 해야 할 줄은 몰랐어. 내가 그때 하고 싶은
건 딱 한 가지, 공을 차는 거였어. 나는 축구를 좋
아했어. 아이들과 공을 차며 날이 어두워질 때까지
운동장에서 놀다가 집까지 십 리나 되는 길을 여우
를 만날까 도깨비를 만날까 무서워하며 달려가는
일이 거의 매일 반복되고 있었어.

1

    난 그림을 좋아해. 오늘도 미술관에 나와서 전시된 그림을 보았어. 유명한 전시회가 열리는 미술관이나 박물관은 어쩌다 한 번 가지만 일주일에 한두 번은 화랑과 작은 미술관이 즐비한 거리를 돌아다니지. 걷고 또 걸으며 돌아다니다 눈과 다리가 아프면 찻집 '고갱과 고흐'로 가곤 해. 여기서 따뜻한 커피를 마시면서 창문 밖으로 걸어가는 사람들

의 옷차림과 얼굴빛과 하늘의 색깔을 비교해 보지. 사람의 배경이 되는 나무줄기의 빛깔과 나뭇잎을 흔드는 바람에서 무슨 느낌을 얻기도 해.

바람을 그릴 수 있을까? 바람은 보이지 않아서 그릴 수 없어. 하지만 바람 때문에 휘어지는 나뭇가지, 바람에 뒤집히는 우산을 통해 바람을 표현할 수는 있어. 그런 일이 그림이 할 수 있는 영역이라고 나는 생각하곤 해. 그림에 대한 정의라고 할 수는 없지만, 나는 학자도 비평가도 화가도 아니니까, 그냥 그림을 좋아하고 좋은 그림을 바라보고 있으면 기분이 좋아지는 애호가로서 내 마음대로 생각할 거야.

물론 진짜 예술가라면 이 세상에 존재하는 모든 것을 표현할 수 있겠지. 바람도 붙들어서 화폭 안에 고정시키고 구름도 악보 안에 잡아 놓고. 시간도 그렇게 하는 거지. 시간, 시간도 무대와 음악과 화폭 속에 붙들어 영원하게 만들겠지. 좋은 그림을 보고 있으면 시간 가는 줄 몰라. 화가는 가는 시간을 화폭에 담아서 잡아 놓고 다른 사람의 시간은 마냥 흘러가도 모른 척하는 사람일까? 그럴지도 몰라. 내가 아는 사람이라면, 그렇게 하고도 시치미를 뚝 떼고 "난 잘못한 거 없소." 할 인물이지. 그 사람, 백선규. 나와 같은 고향 출신이고, 같은 초등학교를 나왔는데 어릴 때부터 상이란 상은 다 받고 다니더니 자라서도 한국을 대표하는 화가가 됐어.

'고갱과 고흐'에도 백선규의 작품이 걸려 있지.
진품은 아니고 몇 년 전 어느 대기업의 달력에 인
쇄된 그림을 오려서 액자에 넣은 거지. 그 사람 작
품, 저만한 크기에 진품이라면 몇천만 원을 할지
몰라. 그런 작품이 이런 가게 벽에 걸려 있다가 누
군가 재채기를 하는 바람에 콧물이 튀기라도 한다
면 어떻게 해. 누가 코딱지를 문질러 붙이면 어떻
게 하겠느냐고. 그 사람 작품은 몽땅, 작업실 바깥
으로 나오는 대로 특수하게 설계된 수장고로 모셔
지고 그 안에서 적당한 온도와 습도가 유지되는 가
운데 편안히 잠들어 있게 된다지, 아마.

인쇄된 작품이라도 얼마나 정확하게 그린 선인지 보여. 악마가 그려 준 것처럼 동그랗고 선명한 저 원. 원과 원을 연결하는 실낱같은 저 선. 더없이 흰 바탕, 너무나 희어서 마치 없는 듯한 바탕. 흰 눈보다 더 희고 흰 구름보다 더 희고 흰 거품보다 더 흰 저 흰색. 영혼을 팔아서 그 대가로 도깨비가 가져다준 물감을 쓰는 것일까. 그 사람은 어떻게 저 흰색을 만들어 내는지 말하지 않았지. 원과 선을 그리는 저 검은색은 또 얼마나 검은지. 물감의 검은색보다 검고 숯보다 더 검고 천진무구한 소녀의 눈동자보다 더 검은 저 검은색. 천년 묵은 구미호가 그에게 검정 물감을 가져다주는 것일까. 그는 말한 적이 없어. 그에게는 비밀이 많아 보여.

세상에서 가장 검은 검은색과 세상에서 가장 흰 흰색이 만나, 그의 그림은 보석처럼 벽을 빛나게 하지. 저런 게 예술이 아닐까. 인쇄된 작품이라도 그렇게 보이니 진품은 정말 어떨지 상상이 안 가. 진품이 생산되고 있는 작업실은 아마도 무균실 같을 거야.

0

내 어린 시절 고향 읍내에서는 5월이면 온 군민
이 모두 참여하는 군민 체전이 열렸지. 공설 운동
장 주변에는 임시로 장터가 만들어지고 사방이 잔
칫집처럼 떠들썩하지. 풍선이 하늘로 날아오르고
솜사탕 만드는 자전거 바퀴가 윙윙 돌고 어디선가
브라스 밴드의 연주 소리가 쿵쾅쿵쾅 울려 나오고
있어. 브라스 밴드의 연주는 어쩌면 우리들 가슴속

에서 대회 기간 내내 울려 퍼지는지도 몰라.

공설 운동장 안에서는 예선을 거쳐 올라온 선수와 팀 들이 경기를 벌여서 우승자를 가리지. 그렇게 사흘 동안 경기가 벌어지고 내가 좋아하는 축구 결승전은 체육 대회 마지막 날, 토요일 오전에 열렸어. 운동장 곁을 지날 때 사람들의 함성만 들어도 내 가슴이 쿵쾅쿵쾅 뛰었지. 내 발은 스펀지가 들어간 듯이 푹신거리고 어서 달려가서 경기하는 걸 보고 싶다는 마음으로 주먹을 꼭 쥔 손바닥이 아팠지.

하지만 초등학교 3학년이던 해 나는 거기에 갈수 없었어. 선생님이 가지 못하게 했기 때문이지. 내가 축구를 얼마나 좋아하는지 모르니까 그랬겠지만. 몰라서 잘못한 게 잘한 게 되지는 않아. 그 축구 경기를 못 봐서 얼마나 가슴이 찢어질 것 같았는지, 지금도 그 느낌이 생생해. 내가 그걸 얼마나 기다렸는데. 그때 우리 집에는 텔레비전도 없었고 영화를 보러 손을 잡고 극장에 가자는 사람도 없었어. 라디오에서 농촌의 어느 군민 체전 축구 경기를 중계하는 것도 아니었어. 그때 축구 결승전은 한번 보지 않으면 영원히 못 보는, 세상에 단 하나밖에 없는, 단 한 번밖에 상영하지 않는 영화 같은 거였어. 그런데 선생님이 그걸 볼 기회를 빼앗아 간 거야.

"넌 이번에 군 학예 대회 초등부 사생 대표로 나가야 한다. 반에서 두 명씩 나가서 학교를 대표하는 거다."

군민 체육 대회가 있는 그 주간에 군 전체의 초중고 학생들이 참가하는 학예 대회가 열리고 그 안에 사생(그림) 경연 대회가 있는 건 맞아. 일 년 중 가장 큰 문예 행사여서 교장 선생님부터 좋은 성적을 낼 수 있게 조바심을 내며 닦달을 하는 대회야. 선생님들은 말할 것도 없이 각 분야별로 좋은 성적을 내게 하려고 노력을 했지. 그림 외에도 서예, 합창, 밴드, 글짓기까지 여러 분야가 있는데 그거야 어떻든 간에, 어디까지나 학예 대회는 4학년 이상만 나가는 대회였어. 그런데 선생님은 자신의 친구 아들이 자신의 친구처럼 그림에 대단한 소질이 있다고 믿었어. 친구는 재능을 살리지 못하고 농사를 짓고 있지만 그의 아들에게 최대한의 기회를 주어야겠다고 생각한 거야. 그런데 그 방법이라는 게 정

상적인 게 아니었어. 4학년 담임 선생님 중에 자신과 친한 선생님에게 말해서 그 반의 대표로 3학년인 나를 내보내기로 한 거야. 물론 나는 대회에 나가서 내 이름을 쓸 수가 없지. 4학년 5반 대표 중 하나로 나가는 거니까. 하긴 대회장에 가서 보니까 이름을 쓸 필요도 없고 써서도 안 되었지. 혹시 심사 과정에 부정이 있을지도 몰라 대회에 참가하는 사람들에게 번호를 미리 주고 참가자는 자신의 작품 뒤에 이름 대신 그 번호를 적게 되어 있었던 거지.

그거야 어떻든 상관없었어. 나한테 중요한 건 그 대회가 열리는 날이 축구 결승전을 하는 날이었다는 거야. 내가 좋아하는 경찰 대표가 결승전에 올라왔고 결승 상대는 진짜 축구 선수가 여섯 명이나 들어 있는 전문학교 대표였어.

사생 대회는 공설 운동장에서 그리 멀리 떨어지지 않은 교육청 마당에서 열렸어. 큰 플라타너스 나무 아래에 연못이 있었고 거기에 군의 14개 초등학교에서 대표로 나온 아이들 수백 명이 모여서 그림을 그렸어. 플라타너스와 연못 주변의 풍경을 그리라는 게 과제였어.

　　나는 공설 운동장에서 함성이 들려올 때마다 목이 메었어. 응원하는 노래가 되풀이되다가 누군가 골을 넣었는지 엄청나게 큰 함성과 박수 소리가 들려왔을 때 눈물을 흘리기까지 했어. 얼른 그림을 그려서 제출하고 공설 운동장에 가려는 생각도 했지만 시간이 너무 없었어. 결승전이 사생 대회하고 같은 시간에 시작되었으니까 말이야. 최대한 빨리 그려 내고 운동장까지 뛰어간다고 해 봐야 결승전이 거의 끝날 시간이었지. 심사 결과는 그날 오후에 나올 예정이었지. 결국 나는 그해의 축구 결승전을 보지 못했어. 눈물을 훔치면서 집으로 돌아가야 했어.

이상한 일은 그날 저녁 무렵에 일어났어. 선생님이 자전거를 타고 읍에서 십 리쯤 떨어진 우리 집에 찾아온 거야. 가정 방문을 온 게 아니야. 선생님은 손에 술병을 들고 왔어. 선생님은 아버지를 만나서는 어깨에 손을 얹더니 이렇게 말했어.

"축하하네. 자네 아들이 사생 대회에서 장원을 했어. 열 살짜리가. 보라구. 겨우 열 살짜리가 저보다 몇 살 더 많은 아이들을 다 제치고 일 등을 했다 이 말이야. 그 애들 중에는 따로 그림을 과

내가 그린
히말라야시다
그림

외로 배우는 애들도 있어. 자네 애는 이번에 그림 그리기 대회에 처음 나간 거라면서?"

아버지는 땀 냄새가 푹푹 나는 옷을 젖히면서 친구의 손에서 살그머니 떨어졌어. 그러고는 쑥스럽게 웃는 듯했는데, 그게 내가 난생처음 사생 대회에서 장원한 것에 대한 반응의 전부였어.

1

내 아버지는 읍에서 제일 큰 제재소를 운영했
어. 그 시절은 한창 집을 많이 지을 때여서 제재소
를 드나드는 차와 사람 들로 문짝이 한 달에 한 번
은 떨어져 나갈 지경이었지. 나는 고명딸이었어.
아버지는 오빠들이 정구를 친다고 하자 정구장을
집 마당에 지어줬지. 나는 피아노를 배웠는데 피아
노가 싫다고 하니까 바이올린을 사다 줬어. 그런데

바이올린 선생님이 무슨 일로 못 오게 된 뒤로 나는 그림을 배우겠다고 했어. 아버지는 언제나 내가 원하는 대로 해 주었지.

읍내에서 유일한 사립 중학교에서 미술을 가르치는 선생님이 집으로 와서 나에게 그림을 가르쳐 주었어. 선생님은 내가 그림에 재능이 뛰어나다고 계속 공부를 시키면 훌륭한 화가가 될 수 있을 거라고 했어. 비싼 과외비를 받으니까 그냥 해 본 말인지도 몰라. 그 말을 들은 아버지는 "딸내미가 이쁘게 커서 시집만 잘 가면 됐지, 뭐 그림 그려서 돈 벌 것도 아니고 결혼해서 식구들 먹여 살릴 것도 아닌데 힘들게 공부할 거 뭐 있나."라고 했대. 그 말을 전해 듣고 나는 그렇게 열심히 할 생각이 없어졌어. 원래 열심히 하려던 것도 아니고 말이야.

그래도 배운 게 있어서 그림을 남들보다 잘 그리게
는 됐을 거야.

4학년이 되어서 나는 득별 활동반으로 문예반
에 들었어. 그런데 막상 들어가고 보니 글짓기는
아무나 하는 게 아닌 것 같았어. 내가 하고 싶은 말
은 이런 건데 막상 글을 써 놓고 보면 저런 게 돼
버리고, 그것도 여기저기 틀리기도 하고 그래. 정
말 아버지 말대로 내가 남자고 결혼하고 아이 낳아
서 글로 벌어먹고 살아야 된다면 엄청나게 힘들 것
같았어. 그래도 문예반이 좋았어.

문예반 선생님은 동시를 쓰시는 분인데 아주 유
명하기도 했고 참 잘생겼지. 가까이 가면 기분 좋
은 냄새가 났어. 그 냄새가 좋았고 그 냄새의 주인
인 선생님은 더 좋았어. 나는 동시를 잘 쓰지 못하

지만 선생님이 쓴 동시를 보면 무슨 뜻인지 잘 알 것 같고 참 좋았어. 그런 게 진짜 문학이 아닐까. 잘 모르는 사람도 좋아지게 만드는 게 예술 작품이지.

그해 봄에 나는 군 학예 대회에서 글짓기 백일장에 나가지 못했어. 그건 당연하지. 내가 읍에서 몇 번째 안에 드는 부잣집 딸이라고 해서 누가 봐도 재능이 없는데 글짓기 대표로 내보낼 수는 없지. 그 대신 나는 사생 대회 대표로 뽑혔어. 그때 우리 학교는 한 학년이 다섯 반이고 4학년 이상 한 반에 두 명씩 대회에 나가니까 우리 학교에서만 서른 명이 참가하는 거야. 대개는 미술반에 있는 애들이었어. 문예반에 있는 애들은 학교에서 십 리 이십 리 떨어진 데 사는 농촌 애들이 많은데 미술반 애들은 거의 다 읍내 애들이고 좀 잘사는 애들이었어. 글짓기는 연필하고 지우개, 원고지만 있어도 되지만 미술은 크레용, 화판, 스케치북이 필요하고 그것들을 빨리 써 버리게 되니까 돈이 좀 들거든. 그런 게 나하고 무슨 큰 상관이 있는 건 아니지만.

사생 대회는 토요일 오전에 우리 학교에서 열렸어. 우리가 다니는 초등학교가 군에서 가장 오래된 학교라서 그랬던 것 같아. 건물도 오래됐고 나무도 커서 그림 그릴 게 많았는지도 몰라. 우리 학교 다니는 애들한테 유리한 것 같긴 했지.

우리는 주최 측이 확인 도장을 찍어서 준 도화지를 한 장씩 받아서 그림을 그리기 위해 여기저기로 흩어졌지. 그런데 내 뒤에서 그림을 그리던 녀석, 옷도 지저분하고 검정 고무신을 신은 데다 간장 냄새가 나던 녀석이 기억에 오래 남았어. 그 냄

새며 꼴이 싫어서 자리를 옮기려고 했지만 이미 노란색 크레파스로 그 앞의 나무와 갈색 나무 교사(校舍)의 밑그림을 그린 뒤라서 그럴 수도 없었어. 참 그 냄새, 머리가 아프도록 지독했어. 그건 한마디로 말하자면 가난의 냄새였어.

0

4학년이 되고 나서 나는 미술반에 들어갔지. 천수기 선생님은 문예반을 맡았는데 미술반을 맡은 주은희 선생님에게 나를 특별히 부탁했다고 했지. 아버지 이야기를 했는지도 몰라. 천 선생님은 자신이 직접 본 사람 중에 가장 그림에 뛰어난 재능을 가진 사람이 아버지라고 했어. 그림과 동시는 분야가 다르지만 천 선생님은 다른 예술에 대한 평가

기준도 상당히 높았지.

아버지는 한때 그림을 그리겠다고 했다가 할아버지에게 혼이 났어. 입에 풀칠하기도 힘든 가난한 농사꾼의 자식이 도시의 여유 있는 사람들이 즐기는 예술인 미술을 평생의 직업으로 삼겠다니 할아버지는 이해를 못 했겠지. 그래도 아버지는 고등학교까지는 미술반에서 활동을 했고 같은 또래에서는 제일 그림을 잘 그리는 걸로 인정을 받았던가 봐. 서울에 있는 국립 미술 대학에 합격까지 했다니 그 당시 고향에서는 일 년에 한두 명 나올까 말까 한 일이었다지. 할아버지가 그 사실을 알고 아버지를 호되게 나무랐지. 그때 아버지는 집을 나가려고 가방까지 쌌었는데 그만 할아버지가 쓰러지신 거야.

할아버지를 달구지에 싣고 병원에 모시고 가니까 곧 돌아가실 것 같다고 준비를 하라고 했대. 그때 할아버지가 유언으로 "네 어미와 동생들을 단 한 끼라도 굶게 해서는 안 된다."고 하셨고 아버지는 그러겠다고 맹세했어. 할아버지는 이웃 동네에 살던 친구의 딸을 데려오게 해서 그 자리에서 아버지와 약혼을 하게 했어. 지금은 이해가 잘 안 가는 일이지만 그땐 스무 살에 결혼하는 게 그렇게 이상한 일은 아니었다지. 아버지는 할아버지 간호를 하고 생계를 꾸려 가기 위해 대학 진학을 미뤘어. 그런데 할머니가 그해 봄에 쓰러져서 곧 돌아가셨고 그 바람에 어머니는 주부가 된 거야. 할아버지는 가을쯤에 병석에서 일어나셨지. 그해 겨울에 내가 태어난 거고 말이야. 그래서 아버지는 할아버지와 함께 농사를 짓게 된 거지.

나는 미술반에 들어가서 그림을 많이 그리지는 않았어. 한 해 선 3학년 때에 학교 대표로 나간 건 비밀이었지. 주은희 선생님은 알았어. 그러니까 내가 연습을 안 해도 못 본 척해 준 거야. 군 학예 대회에서 사생 부문 장원을 하면 48색짜리 크레파스 다섯 통하고 스케치북 열 권이 상품인데 내가 그걸 받을 수는 없었어. 상품이 아이들 나무할 때 쓰는 작은 지게로 한 짐이나 되니 열 살짜리가 무거워서 못 받은 게 아니라 나에게 이름을 빌려준 4학년 5반 대표가 받고는 입을 싹 씻어 버린 거야. 그게 알려지면 자기도 망신이니까 비밀은 지켰어.

그래서 나는 그림을 그릴 때 몽당연필처럼 짤막한 크레파스하고 이미 그린 그림이 있는 스케치북 뒷면으로 그림 연습을 할 수밖에 없었어. 우리 집 형편에 크레파스와 스케치북을 자꾸 사 달라고 하기도 힘든 일이고 아버지에게 엄소가 많은 것도 아니었어. 게다가 내 동생이 넷이나 됐지.

미술이 별것 아니라는 생각도 들었지. 내 아버지는 동시로 전국적으로 유명한 천수기 선생님이 인정하는 화가의 재능을 타고났어. 내가 그 아버지의 아들이 틀림없는데 다른 평범한 아이들처럼 죽어라 연습할 필요는 없잖아. 나는 미술반 아이들과 함께 주 선생님을 따라 산과 들을 다닐 때 열에 여덟아홉은 스케치북을 펴지도 않았어. 가끔 주 선생님이 "관찰도 공부다."라고 하면서 자연과 주변의 물건들을 세세하게 봐 두라고 했지.

아버지, 아버지는 나한테 별 관심이 없는 것 같았어. 염소를 팔아서 크레파스와 스케치북을 사 주던 때, 그때는 아버지한테 좀체 잘 없는 특별한 순간이었던 것 같아. 다시 병석에 누운 할아버지와 우리 식구들 굶기지 않으려면 정신없이 일을 해야 했지. 생각하긴 싫지만 내가 태어나는 바람에 아버지가 화가가 되려는 꿈을 버려야 했는지도 몰라. 그래서 일부러 그림 쪽으로는 모른 척하는 건지도.

그러다가 다시 군민 체전이 열리는 5월이 돌아왔어. 군 전체 초중고 학생들이 참가하는 학예 대회도 당연히 함께 열렸지. 모든 게 작년하고 비슷했어. 내가 떳떳이 반 대표로 사생 대회에 참가하게 되었다는 것이나 대회 장소가 우리 학교라는 게 달랐지. 이번에 장원상을 받으면 상품으로 그림 연

습을 마음껏 할 수 있게 될 거라고 생각했어. 크레파스 다섯 통과 스케치북 열 권을 다 쓰기도 전에 다음 대회가 열리게 되겠지.

지금 생각하면 참 우스워. 상으로 그림 도구를 받아서 그림을 제대로 잘 그릴 생각을 하다니. 그땐 전혀 우습지 않았어. 좀 긴장이 됐지. 차상, 차하도 돼. 크레파스하고 스케치북이 상품으로 나오긴 하니까 모자라는 대로 어떻게 되겠지. 그냥 특선이나 입선은 곤란하지. 공책이나 연필밖에 안 주니까. 상장 뒷면에 그림을 그릴 수도 없고.

나는 아버지가 사 준 크레파스를 들고 학교로 갔어. 한 해 전과는 다르게 크레파스 뚜껑이 달아나 버려서 습자지를 덮고 고무줄로 동여맸지. 한 해 전처럼 그림을 그려서 제출할 도화지를 받아 들고 뒷면에 미리 부여받은 내 번호를 적었지. 나는 124번이었어. 잊어버릴 수가 없는 번호야. 그 몇 해 전에 무장간첩들이 남한으로 내려왔는데 무장간첩을 훈련시킨 부대 이름이 124군 부대라서 그런 게 아냐. 하여튼 나는 도화지 뒤 네모난 보랏빛 칸에 검은색으로 번호를 124라고 분명히 적었어.

$$124$$

내 앞에는 언제부터인가 여자아이가 두 명 앉아 있었어. 한 아이는 낯이 익었어. 같은 반을 한 적은 없지만 천수기 선생님하고 같이 가는 걸 몇 번

본 적이 있었지. 자주색 원피스에 검은 에나멜 구두를 신고 있었고 머리에 푸른 구슬 리본을 매고 있는데 무척 얼굴이 희고 예뻤지. 나하고 한 반이었다고 해도 나 같은 촌뜨기에게는 말을 걸지도 않았겠지.

그 여자애와 나는 비슷한 점이 하나도 없었어. 크레파스부터 한 번도 쓰지 않은 새것, 한 번만 더 쓰면 더 쓸 수 없도록 닳은 것이라는 차이가 있었어. 처음부터 다른 길에서 출발해서 가다가 우연히 두어 시간 동안 같은 장소에서 비슷한 그림을 그리게 되겠지만 앞으로 영원히 만날 일이 없을 것 같은 사람이야. 그 여자아이도 그걸 의식하고 있는 것 같았어. 나를 한 번 힐끗 넘겨다보고는 코를 찡그리더니 더 이상 눈길을 주지 않았어. 자리를 뜰

것 같았는데 계속 그리기는 하더군. 나를 의식하기 전에 밑그림을 그렸던 게 아까웠겠지.

히말라야시다가 쑥색 가지를 늘어뜨리고 있는 화단이 있고 화단 뒤에 나무쪽을 붙인 벽이, 벽 위쪽에 흰 종이가 발린 유리창이 있는 교사가 있었어. 히말라야시다 앞에 키 작은 영산홍이 서 있고, 화단을 따라 발라진 시멘트 길에 햇빛이 하얗게 비치고 있었어.

축구 결승전이 열리고 있을 공설 운동장은 꽤 멀었지. 멀지 않다고 해도 나에게는 목표가 있었어. 장원, 그리고 다음 군 사생 대회까지 그림을 그릴 수 있는 크레파스와 스케치북. 나는 그림에 집중했지. 내가 생각해도 그림은 잘되었어.

마감 시간이 다 되어서 나는 그림을 제출했어.

그 여자아이는 진작에 가고 없었어. 그런 아이들이야 재미로 그리는 거니까 쉽게 빠르게 그리고 내버렸을 거라고 생각했지. 할아버지 말이 맞을지도 모르지. 그림 같은 건 돈 많은 사람들이 시간을 주체할 수 없어서 하는 놀이라고. 우리 같은 가난뱅이 농사꾼 무지렁이들이 무슨 예술을 하느니 마느니 개나발을 불다가는 쪽박이나 차기 십상이라는 거지. 있는 쪽박이나 잘 간수하는 게 주제에 맞는다는 거야.

그림을 제출하고 나면 공설 운동장에 갈 수 있고 잘하면 축구 결승전 끄트머리를 볼 수 있을지도 모르지만 나는 그럴 생각이 전혀 없었지. 내가 정작 궁금한 건 심사 결과니까 말이야. 축구야 누가 우승하면 어때. 어차피 군민 체전이니까 군민들 중

누군가 이기는 거 아니겠어. 그런 생각을 하게 된 게 내가 일 년 동안 퍽 성숙했다는 증거였어. 그렇게 되는 데 열 살짜리가 열한 살 이상이 참가하는 대회에 나가서 장원을 했다는 게 큰 작용을 한 건 당연하지.

오후부터 3층짜리 신축 교사 2층 교실 한 곳에서 심사 위원들이 심사를 했어. 나는 예전에 함께 축구를 하던 아이들과 공을 차면서 시간을 보냈어. 이상하게 축구가 재미가 없었어. 자꾸 눈이 심사를 하고 있을 교실로 향하는 거야. 내가 골을 집어넣을 수도 있는 기회에서 엉뚱한 데 눈을 주니까 아이들이 정신을 어디다 파느냐고 화를 냈지. 나는 미안하다고 했고. 그러면서도 아, 이제 나한테 축구보다 더 중요한 게 생겼구나 하는 생각이 드는 거야. 사실 그건 크레파스나 스케치북 같은 상품이 아니야. 그건 내가 가지고 있는 재능, 아버지에게서 물려받은 천부적인, 천재적인 재능을 명백히 확인받고 싶다는 충동이었어. 내가 아버지의 아들이라는 확신을 가지고 싶었어. 아무리 시골구석에서 염소나 키우고 닭이나 거위를 장날에 내다 파는 사람이라고는 해도 내 아버지니까.

심사하는 데 그렇게 오랜 시간이 걸리는 줄은 몰랐어. 다리가 아프도록 축구를 하고 수도꼭지가 있는 곳으로 가서 몸을 씻고 다 말리도록 심사는 끝나지 않았어. 아이들이 풀빵을 사 먹으러 간다고 학교 밖으로 갈 때까지도. 나는 평소처럼 아이들을 따라가지 않았어. 고픈 배를 부여잡고 교사 앞에 앉아 있었어. 심사 결과를 알 수 있을 거라고 생각한 건 아니야. 그냥 어떤 기미라도, 결과의 부스러기라도 얻고 나서야 갈 수 있을 것 같았어.

아이들이 가 버리자 학교는 조용해졌어. 그러고도 한 삼십 분은 있다가 다른 군의 학교에서 온 심사 위원들이 걸어 나왔어. 물론 나한테 관심을 가진 사람은 아무도 없었지. 주 선생님이 보였어. 심사를 한 건 아니고 우리 학교의 미술 지도 교사로 참관을 하고 있었던 것 같았어.

교문 조금 못 미친 곳에서 심사 위원들과 인사를 나눈 주 선생님은 뒤돌아서서 내가 앉아 있는 쪽으로 걸어왔어. 새하얀 시멘트 길에 떨어지던 새하얀 햇빛, 그 위에 또각또각 찍히던 그 발소리를 나는 아직도 잊지 못해. 선생님은 히말라야시다 앞 시멘트 의자에 숨은 듯이 앉은 내게 와서는 불쑥 손을 내밀었지.

"백선규, 축하한다."

나는 못 잊어.

"네가 장원이다."

나는 목이 메어서 아무 말도 할 수 없었어. 그렇게 목이 죄는 듯한 느낌은 평생 다시 없었어. 그 뒤에 수십 번, 이런저런 상을 받고 수상을 통보받았지만.

나는 선생님 앞에서 눈물을 보이고 말았어. 내가 우는 것을 보고 선생님은 무척 놀라고 당황했

어. 하지만 곧 내 어깨를 잡고는 내 얼굴을 가슴에
가만히 안아 주었어. 그 따뜻하고 기분 좋은 냄새,
못 잊어.

1

나는 한 번도 상 같은 건 받아 본 적 없어. 학교
다닐 때 그 흔한 개근상도 못 받았으니까. 상에 욕
심을 부려 본 적도 없었어. 내게는 모자란 게 없어
서 그랬는지도 몰라. 어릴 때는 부유한 집안에서
단 하나밖에 없는 딸로 사랑을 받으며 자랐고 여
자 대학에서 가정학을 공부하다가 판사인 남편을
중매로 만나서 결혼했지. 내가 권력이나 돈을 손에

쥔 건 아니라도 그런 것 때문에 불편한 적도 없어. 아이들은 예쁘고 별문제 없이 잘 자라 주었지. 큰 아이가 중학교부터 미국에 가서 공부할 때는 적응에 힘이 들었지만 결국 학생회장까지 지내서 신문에도 여러 번 났지. 나는 상을 못 받았지만 내가 타고난 행운, 삶 자체가 상이다 싶어.

그렇지만 단 한 번 상을 받을 뻔한 적은 있지. 스스로의 실수 때문에 못 받은 거니까 누구를 원망할 수도 없지만. 그 실수를 인정하고 내가 받을 상이 남에게 간 것을 바로잡을 수 있었을까. 할 수 있었을지도 몰라. 아버지에게 이야기했다면. 아니면 천수기 선생님한테라도.

왜 안 했을까. 그때 나를 스쳐 가던 그 아이, 그 아이의 표정 때문인지도 몰라. 땟국물이 흐르던 목덜미, 전신에서 풍겨 나던 뭔가 찌든 듯한 그 냄새, 그 너절한 인상이 내 실수와 잘못된 과정을 바로잡는 게 귀찮은 일이라는 생각을 갖게 했을 거야. 어쩌면 그 결과로 한 아이가 가지게 될지도 모르는 씻지 못할 좌절감이 내게도 약간 느껴졌는지도 모르지. 상관없어. 나는 그런 상하고는 담을 쌓고 살아도 행복해. 그런 스트레스를 받는 것 자체가 싫어. 왜 내가 그렇게 살아야 하는데?

0

나는 사생 대회 이틀 후, 월요일 아침 조회에서 전교생이 지켜보는 가운데 교단 앞으로 가서 장원상을 받았어. 글짓기, 서예, 밴드, 합창, 그림 등 전 분야를 통틀어 우리 학교에서 장원상을 받은 사람은 오직 나 하나뿐이었어. 게다가 4학년이니까 앞으로 이 년간 더 많은 상을 학교에 안겨 주게 되겠지. 교장 선생님은 내가 4학년이라는 것, 장원이라는 것을 스무 번도 더 이야기했어.

　크레파스 다섯 통, 스케치북 열 권은 혼자 들기에 좀 무거웠어. 글짓기에서 차하상을 받아서 앞으로 나온 6학년이 크레파스를 대신 들어 줬지. 나는 박수 소리가 끊이지 않는 중에 천천히 걸어서 내가 서 있던 자리로 돌아왔어. 조회가 끝나고 교실로 들어갈 때 옆에 있던 아이들이 상품을 대신 들어 줬고 나는 상장만 들고 갔어.

　부임한 지 얼마 안 되어서 그런지 흥분한 교장 선생님은 전례가 없이 그해 학예 대회 입상작을 찾아와서 강당에서 전시회를 가지기로 결정했어. 나는 가 보지 않았어.

　가서 내 그림을 보는 건 뭔가 창피할 것 같았어. 그런 데 가서 그림과 글짓기, 서예 작품을 보고 배

워야 하는 아이들은 입상을 못 한 평범한 아이들이야. 창작의 재능이 없고 겨우 감상만 할 수 있는 아이들인 거야. 생각은 그렇게 했지만 일주일 동안 진행된 전시 마지막 날 오후, 나는 강당으로 걸음을 옮겼지. 모르겠어. 왜 갔는지.

강당에는 아무도 없었어. 벽에는 전시 작품들이 걸려 있었어. 글짓기는 원고지 여러 장에 쓰인 작품을 한꺼번에 벽에 압정으로 박아 놓고 넘겨 가며 읽도록 해 놨어. 차하상을 받은 동시는 아이들이 넘기면서 침을 묻히는 바람에 글씨가 다 지워지고 원고지 앞장 아래쪽은 먹지처럼 까매졌더군.

나는 천천히 그림이 전시된 곳으로 걸어갔지. 내 그림은 맨 안쪽에 걸려 있었어. 입선작 여덟 점을 지나서 특선작 세 점을 지나고 나서 황금색 종이 리본을 매달고 좀 떨어진 곳에, 검은색 붓글씨로 '壯元(장원)'이라고 크게 쓰인 종이를 거느리고, 다른 작품보다 세 뼘쯤 더 높이. 초등학교에 다니는 아이들이라면 우러러볼 수밖에 없는 높이에.

그런데, 그런데, 그런데, 그런데 그 그림은 내가 그린 그림이 아니었어. 풍경은 내가 그린 것과 비슷했지만 절대로, 절대로 내가 그린 그림이 아니야. 아버지가 사 준 내 오래된 크레파스에는 진작에 떨어지고 없는 회색이 히말라야시다 가지 끝 앞부분에 살짝 칠해져 있는 그림이었어. 나는 가슴이 후들후들 떨려서 두 손으로 가슴을 가렸어. 사방을 둘러봤지만 아무도 없었어. 나는 까치발을 하고 손을 최대한 쳐들어서 그림 뒷면의 번호를 확인했어. 네모진 칸 안에 쓰인 숫자는 분명히 124였어. 124,

북한에서 무장간첩을 훈련시킨 그 124군 부대의 124. 그렇지만 그건 내 글씨가 아니었어.

124

누가, 왜 제 번호를 쓰지 않고 내 번호를 썼을까. 실수로? 이런 실수를 하고, 제가 받을 상을 다른 사람이 받았다는 걸 알면 가만히 있을까. 그렇지는 않을 거야. 다른 학교에 다니는 아이라서 제 실수를 모르고 있는 거겠지.

아니야. 그 그림은 구도로 봐서 내가 그렸던 바로 그 장소에서 아주 가까운 데서 그린 그림이었어. 그 그림을 그린 아이는 천수기 선생님과 함께 다니던 그 아이인 게 틀림없었어. 그러니까 나와 같은 학교에 다니는 아이라는 거지. 그러면 그 아이는 제가 그린 그림을 봤을 거야. 그런데 왜? 왜 아무 말을 하지 않은 거지? 상품이 필요 없어서? 번호를 잘못 쓴 실수 때문에 벌을 받을까 봐? 나라면? 나라면 가만히 있었을까?

왜 내가 그린 작품은 입선에도 들지 않았을까? 비슷한 풍경이고 비슷한 구도인데도? 가만히 그 그림을 보고 있자니 정말 잘 그린 그림이라는 느낌이 들기 시작했어. 장원을 받을 수밖에 없는 그림, 같은 장소에 있었던 나로서는 발견할 수 없었던 부분, 벽과 히말라야시다 사이의 빈 공간의 처리는 완벽했어. 나는 모든 걸 그림 속에 욱여넣으려고만

했지 비울 줄은 몰랐어. 그건 나를 뛰어넘는 재능인 게 분명했어.

비슷한 그림에 같은 번호가 써진 걸 보고 심사 위원들이 당황했을 거야. 한 사람이 두 작품을 그릴 수는 없으니 누군가 실수를 했다고 단정 짓고는 혼동을 초래할지도 모르니까 둘 중 하나는 아예 시상 대상에서 제외를 하자고 했겠지. 그래서 심사에 오랜 시간이 걸렸던 것이고.

그러니까 내 그림은 번호를 착각한 아이의 그림에 못 미치는 그림으로 버려졌던 거야. 입선에도 들지 못하게 완벽하게. 누구의 생각일까. 주 선생님은 아니었어. 심사 위원이 아니니까. 아니, 심사 중에 불려 들어간 것일지도 몰라. 혼란스러워진 심사 위원들이 번호를 확인하고 그게 우리 학교

학생의 번호인 줄 알고 미술반 지도 교사를 오라고 했고…… 그래서 그 모든 것이 주 선생님의 조정으로 이루어졌고, 그래서 이례적으로 주 선생님이 그 결과를 미리 알게 된 것이고…… 그런데 나는 주 선생님 품에 안겨서 울었어! 내가 그리지도 않은 그림을 가지고 상을 탔다고 감격해서, 바보같이, 바보!

나는 가슴이 찢어질 것 같은 통증을 느끼면서 강당을 걸어 나왔어. 열 걸음쯤 떼었을 때 강당 문으로 어떤 여자아이가 걸어 들어왔어. 자주색 원피스를 입고 있었어. 검은색 에나멜 구두를 신고 있었지. 나는 그 여자아이를 지나칠 때 눈을 감았어. 눈을 감은 채 열 걸음쯤 걸어가서 다시 눈을 떴어.

내가 주 선생님을 찾아가서 말해야 했을까. 이

건 내 그림이 아니라고. 다른 사람이 그린 그림이라고. 나는 그 사람만 한 재능이 없다고. 실수를 바로잡아 달라고. 나는 그렇게 하지 못했어. 주 선생님의 품에 안겨 울지만 않았더라도 찾아갈 수 있었어. 가능성이 높지는 않지만. 내 더러운 눈물로 주 선생님의 흰옷을 더럽히지만 않았더라도.

그림의 주인이 선생님을 찾아가서 그 그림이 자기 것이라고 주장한다면 부정할 도리는 없었겠지. 하지만 내가 먼저 선생님을, 주 선생님이든 천 선생님이든, 아버지도 할아버지도, 그 누구도 찾아갈 수 없었어.

그 뒤부터 나는 늘 나를 의심하면서 살았어. 누군가 나보다 뛰어난 재능을 가지고 있고 누군가 나와 똑같은 대상을 두고 훨씬 더 뛰어난 작품을 그

렸고, 앞으로도 더 뛰어난 작품을 그릴 수 있다는 생각을 벗어나 본 적이 없어. 그러니까 어떤 작품이라도, 그게 포스터물감으로 그리는 반공 포스터라도 내가 가진 능력 전부를, 그 이상을 쏟아부어야 했지. 언제나, 어디서나. 그 결과가 오늘의 나일까. 의심의 결과, 좌절의 결과, 누군가 내 비밀을 알고 있다는 생각의 결과.

나는 화가가 된 후 풍경화를 그린 적은 없어. 나는 그림의 원형, 본질로 돌아갔어. 선과 원, 점, 그리고 바탕이 되는 사물의 원형, 본질을 최대한 추상화하고 이상화한 상태로 만들어 갔어. 내 모든 색깔의 원형은, 이상은 그날 그 하얀 시멘트 길과 그 위의 흰 햇빛이야.

1

어라, 저기 걸어가는 저 사람, 백선규 같네. 저 사람 도대체 무슨 생각을 저렇게 골똘하게 하고 있을까. 인사를 해 볼까? 안녕하세요,라고 해야 하나? 그냥 안녕이라고? 그러고 나서 고향, 연도, 초등학교를 말하면 알아볼까? 아이, 귀찮아. 그런 걸 하면 뭘해. 우리는 가는 길이 다른데. 나는 그림을 좋아하고 저 사람은 자신의 그림을 열심히 그리면 그만이지.

점점 멀어지네.

사라졌네.

나는 여기에 있고.

나도 곧 가야 하지만.

* 이 책을 마중물 삼아 「내가 그린 히말라야시다 그림」이 수록된 소설집
『라일락 피면』(성석제 외 지음, 창비 2007)을 읽어 보시기 바랍니다.
* 작가 사진 ⓒ이영균

성석제

누구에게나 스스로가 어떤 사람인지
발견할 수 있는 기회가 주어진다.
그 기회는 대체로 다른 사람이 만들어 준다.
그러니 함께 살아가는
가족과 벗, 이웃이 금쪽같이 소중하다!

책과 멀어진 친구들을 위한 마중물 독서

수업 시간 대부분을 잠으로 보내거나 수다로 보내는 많은 학생들을 떠올립니다. 그런데 글쎄, 어떤 친구들은 수업 시간에 추천한 책을 사서 며칠 만에 다 읽고, 친구들과도 함께 읽고 싶다면서 학급 문고에 기부를 합니다. 스스로 책을 사서 자발적으로 읽는 게 흔한 풍경은 아닌데, 그렇게 예쁜 모습을 보이니 선생님도 신이 나서 칭찬을 많이 해 주었습니다.

독서에 흥미를 붙이면 삶을 아름답게 꾸며 나갈 수 있다고 이야기해 주었습니다.

그러나 이런 풍경이 흔하지는 않습니다. 어릴 적에는 부모님께 같은 책을 여러 번 읽어 달라고 조르기도 하고, 그 이야기 속에서 상상의 나래를 펼쳤던 아이들이 청소년기에 접어들면서부터는 이제 책 읽기가 싫다고 말합니다. 몇 해 전부터는 학교 현장에서 소설 한 편 읽기를 하고 나면, 이렇게 긴 글은 처음 읽어 봤다는 반응이 나옵니다. 그럴 때마다 교사로서 씁쓸한 마음이 듭니다.

'소설의 첫 만남' 시리즈는 이런 현실에 돌파구가 되어 줄 만한 새로운 청소년소설 시리즈입니다. 국어 교사들이 머리를 맞대고 동화책에서 소설로 향하는 가교 역할을 해 줄 만하며 문학적으로 완성도가 높고 흥미로운 작품을 엄선하여 꾸렸습니다. 책이 게임이나 웹툰보다 재미없다고 생각하는 학생들, 독해력이 다소 부족한 학생들도 '소설의 첫 만남' 시리즈를 통해서라면 문학의 감동과 책 읽기의 즐거움을 새롭게 경험할 수 있을 것입니다. 무엇보다 재미있습니다. 부담이 적습니다. 한 시간 정도면 충분히 읽을 수 있는 짧은 분량과 매력적인 일러스트 덕분에, 책과 잠시 멀어졌던 청소년들도 소설을 읽는 즐거운 '첫 만남'을 가져 볼 수 있습니다.

문학은 힘들고 지칠 때 위로를 건네고, 어떻게 살아야 하는지 지혜를 전하며, 다양한 삶의 가치를 일깨워 주는 보물이라고 믿습니다. '소설의 첫 만남' 시리즈를 통해 청소년들은 때로는 자신이 주인공이 되고, 때로는 주인공의 친구가 되는 듯한 몰입을 경험하면서 문학이 주는 재미와 기쁨을 마음껏 누릴 수 있을 것입니다.

우리 친구들이 소설 작품에 대해 재미있게 이야기하는 멋진 풍경을 기대하니 마음이 설렙니다. 스마트폰에 시선을 빼앗긴 채 이것저것 기웃거리면서 '대충 보기'에 익숙해진 학생들, 긴 글 읽기에 익숙하지 않아 책 앞에서 주리를 트는 학생들, "초등학교 4학년 이후로 책을 읽어 본 적이 없다."라고 고백하는 '독포자'들을 위해 기꺼이 추천합니다.

"얘들아, 이제 재미있게 읽자!"

'소설의 첫 만남' 자문위원

서덕희(경기 광교고 국어교사)

신병준(경기 삼괴중 국어교사)

최은영(경기 미사강변고 국어교사)

소설의
첫 만남 02

내가 그린 히말라야시다 그림

초판 1쇄 발행 | 2017년 7월 10일
초판 18쇄 발행 | 2023년 10월 23일

지은이 | 성석제
그린이 | 교은
펴낸이 | 염종선
책임편집 | 김영선 정소영
조판 | 박지현
펴낸곳 | (주)창비
등록 | 1986년 8월 5일 제85호
주소 | 10881 경기도 파주시 회동길 184
전화 | 031-955-3333
팩시밀리 | 영업 031-955-3399 편집 031-955-3400
홈페이지 | www.changbi.com
전자우편 | ya@changbi.com

**소설의
첫 만남**
활용북

라면은 멋있다

공선옥 소설 | 김정윤 그림 | 값 7,500원 | ISBN 978-89-364-5855-3

"가난하면 사랑도 못 하나요?"
작가 공선옥이 들려주는 풋풋한 사랑 이야기

어려운 가정 형편을 속이고 연주를 사귀는 민수. 민수는 연주에게 멋진 생일 선물을 사 주기 위해 편의점 아르바이트를 시작하는데……. 라면만 먹어도 진심이 있다면 사랑은 멋지다!

내가 그린 히말라야시다 그림

성석제 소설 | 교은 그림 | 값 7,500원 | ISBN 978-89-364-5856-0

소년을 스쳐 간 운명의 장난
작가 성석제가 들려주는 선택에 관한 이야기

어린 시절 미술보다 축구를 좋아했던 백선규는 자라서 유명한 화가가 되었다. 하지만 그에게는 아무한테도 말하지 못한 비밀이 하나 있는데……. 선택과 인생의 부조리함을 진지한 필치로 그려낸 성장소설. ★중2 교과서 수록작

꿈을 지키는 카메라

김중미 소설 | 이지희 그림 | 값 7,500원 | ISBN 978-89-364-5857-7

힘보다 희망으로,
평화로 이기는 법

아람이는 재개발을 앞둔 시장의 모습을 카메라에 담는다. 어려움에 처한 이웃에게서 눈을 떼지 않으리라 다짐하며 아람이의 카메라는 오늘도 찰칵, 희망의 소리를 낸다.

라면은 멋있다

공선옥

1. 제목 보고 상상하기

'라면은 맛있다? 아니, 라면은 멋있다.'라고 표현한 제목의 의미를 생각해 보고, 책의 내용과 어떤 관련이 있는지 구체적으로 써 보자.

2. 인물 맵 그리기

인물의 성격이나 특징, 상황을 간단히 쓰고, 인물 간의 관계나 감정을 화살표로 표시해 보자.

나(민수)

연주(여자친구)

가족(아빠, 엄마, 누나)

진희(옛 여자친구)

3. 소설 속 인물 평가하기

다음에 제시된 '나(민수)'의 행동을 살펴보고, 인물의 행동에 대한 자신의 입장을 이야기해 보자.

"요새 공부에 재미 좀 붙였냐?"

아침에 서둘러서 집을 나가는 참인데 엄마가 뒤에서 물었다.

"예? 예, 뭐 그럭저럭."
"그래도 너무 무리하진 말어."

엄마가 흐흐흐, 흐뭇하게 웃는 것 같았다. 주경야독의 길이 이렇게 힘들 줄 몰랐다. 사실을 말하자면 주경야독은 아니다. 원래는 주경야독을 하려고 했다. 낮에는 편의점에서 일하고 밤에는 독서실에서 공부하자고 마음먹었는데 독서실에서 한 시간을 버티기가 어려웠다. 그래도 편의점에서 막바로 집에 가는 것보다는 독서실을 경유하여 집에가는 것이 마음 편했다. 나는 어쨌든 독서실을 다녀온 것이 되니까.

★

진희는 내가 꼰대 같아서 '재섭다(재수 없다).'고 말하고 가 버렸다. 그러나 나는 안다. 진희가 나를 떠난 이유를. 그것은 내가 가난한 집 애이기 때문이다. 저를 위해 쓸 수 있는 돈이 내게 없기 때문이다. 그 애는 제 생일인데도 내가 선물을 사 주지 않았다고 잔뜩 삐쳤던 것이다. 그래서 나는 결심했다. 여자애를 사귈 때는 절대로 솔직해서는 안된다고. 나는 나를 철저히 위장해야 한다. 위장하지 않으면 여자애들은 진희처럼 '재섭써.' 한마디 남기고 떠나 버릴 거니까.

내가 그린 히말라야시다 그림

성석제

1. 소설 속 두 명의 서술자가 다음과 같은 선택을 했다면 소설의
   내용이 어떻게 전개되었을지 이야기해 보자.

(가) 내가 주 선생님을 찾아가서 말해야 했을까. 이건 내 그림이 아니
라고. 다른 사람이 그린 그림이라고. 나는 그 사람만 한 재능이 없다
고. 실수를 바로잡아 달라고.

(나) 그렇지만 단 한 번 상을 받을 뻔한 적은 있지. 스스로의 실수 때
문에 못 받은 거니까 누구를 원망할 수도 없지만. 그 실수를 인정하고
내가 받을 상이 남에게 간 것을 바로잡을 수 있었을까. 할 수 있었을지
도 몰라. 아버지에게 이야기했다면. 아니면 천수기 선생님한테라도.

2. 만약 나에게 소설 속 주인공과 같은 선택의 기회가 주어진다면 나는 어떤 선택을 할 것인지, 그리고 그 이유는 무엇인지 이야기해 보자.

만약 내가 남자 서술자라면?

만약 내가 여자 서술자라면?

꿈을 지키는 카메라

김중미

1. 각자 일상에서 차별받은 경험을 소개하고, 그때 어떤 기분이 들었는지 말해 보자.

2. 마지막으로 단 한 장의 사진을 찍어서 기록으로 남길 수 있다면 무엇을 기록하고 싶은가? 그 이유는?

옥수수 뺑소니

박상기 소설 | 정원 그림 | 값 7,500원 | ISBN 978-89-364-5858-4

두 번의 교통사고!
진짜 뺑소니범은 누구일까?

현성이는 두 번의 교통사고를 당한 뒤 상황에 떠밀려서 거짓말을 하게 된다. 한번 시작한 거짓말은 풀 수 없는 매듭처럼 점점 엉켜 가는데……. 진실을 밝히는 용기에 관한 이야기.

림 로드

배미주 소설 | 김세희 그림 | 값 7,500원 | ISBN 978-89-364-5859-1

아이돌이 된 내 친구
우린 이제 영영 멀어지는 거니?

아기 때부터 친구였던 지오가 가수로 데뷔한 뒤 현영은 외로움에 휩싸인다. 현영은 방학을 맞아 미국에 있는 이모할머니 댁에 가지만, 좀처럼 지오 생각이 잊히지 않는다. 열여섯 살 마음을 물들인 첫사랑 이야기.

푸른파 피망

배명훈 소설 | 국민지 그림 | 값 7,500원 | ISBN 978-89-364-5860-7

다양한 이들이 모여 사는 푸른파 행성
청소년의 힘으로 일구어 낸 색다른 평화 이야기

저마다 다른 행성에서 이주해 온 사람들이 조화롭게 살던 푸른파 행성에 갑작스레 전쟁의 기운이 감돈다. 식자재 배급에도 차질이 생겨 한쪽에는 고기만, 다른 쪽에는 야채만 배달되는데……. 푸른파 행성은 다시 평화를 찾을 수 있을까?

옥수수 빵소니

박상기

1. 작품 속 등장인물인 '나', '옥수수 아저씨', '선글라스 아저씨'의 인물 특성(성격)을 생각해 보고, 각 인물에 대한 한 줄 평가를 작성해 보자.

등장인물	인물 특성(성격)	한 줄 평가
나		
옥수수 아저씨		
선글라스 아저씨		

2. 다음을 통해 '나'의 내적 갈등과 그 해결 방법을 정리해 보자.

다시 깨진 스마트폰을 바라보았다. 누군가에게 보상받지 못하면 내가 물어 줘야 한다. 이 사실을 떠올리자 망설임이 줄어들었다. 나는 집 전화로 옥수수 아저씨의 번호를 하나씩 누르기 시작했다. 손가락이 미미하게 떨렸다.

★

나 역시 죽어 있었다. 그 대가로 백만 원을 받는 것이었다. 한번 죽은 척하고 성능 좋은 컴퓨터와 멋진 스마트폰을 장만할 계획이었다.

그런데 정말 죽을지도 모르는 사람이 생각났다. 옥수수 아저씨의 늦둥이 아기였다. 산소 호흡기를 쓰고 힘겹게 숨 쉬는 그 녀석은 진짜였다. 내 손에 들린 옥수수는 아직 따뜻했다.

나는 곧바로 자리에서 일어났다. 그리고 재빨리 평상복으로 갈아입었다.

3. 주인공인 '나'는 검은 자동차에 부딪혀 친구의 스마트폰 액정
이 깨지는 사고를 당했으나, 연락처가 없다는 이유로 옥수수
아저씨에게 연락을 한다. 또한 부모님이 옥수수 아저씨를 뺑소
니라고 오해했으나 제대로 해명하지 않는다. 이러한 '나'의 행
동에 대해 자신의 생각을 이야기해 보자.

....

....

....

....

....

....

....

4. 작품 속 주인공과 비슷한 갈등의 경험이 있는지 떠올려 보고,
그 일이 나에게 어떤 영향을 미쳤는지 이야기해 보자.

림 로드

배미주

● 이 작품을 연극으로 상연하기 위해, 다음 장면을 희곡으로 각색해 보았다.

"나 지오가 너무 좋아. 날마다 그 애 생각만 나. 팬 사이트 들어가서 지오 사진 보는 게 하루의 낙이야. 연습생인데 인기 많더라?"

"그래서?"

말투가 까칠하게 나왔다. 난 그 애의 립밤 색깔이 너무 빨간 게, 얼굴에 바른 비비 크림이 하얗게 뜬 게 보기 싫다고 생각했다.

"지오 좀 만나게 해 줘. 너 지오랑 친하다며? 어릴 때부터 친구였다던데."

"싫은데? 내가 왜?"

나는 단번에 거절했다. 나도 못 본다는 말은 하지 않았다. 윤주의 얼굴이 제 입술만큼 새빨개지더니 홱 돌아서 갔다.

너희가 인터넷에서 보는 지오는 진짜 지오가 아니야. 내가 아는 지오가 진짜 지오야. 집으로 돌아오는 길 내내 그런 생각을 했다. 이렇게 외롭고 그립고 화가 나는 마음이 어떤 건지 나 자신도 잘 몰랐다.

교실 안

연주: (웃으며 다가와) 나 지오가 너무 좋아.
　　　날마다 그 애 생각만 나. 팬 사이트 들어가서
　　　지오 사진 보는 게 하루의 낙이야.
　　　연습생인데 인기 많더라?

현영: (까칠하게 연주의 얼굴을 노려보며) 그래서?

연주: (현영의 손을 잡으며) 지오 좀 만나게 해 줘.
　　　너 지오랑 친하다며? 어릴 때부터 친구였다던데.

현영: (굳은 표정으로) 싫은데? 내가 왜?

윤주, 홱 돌아서 간다.

하굣길, 아파트 골목

현영. 작은 돌멩이를 계속 걷어차며 걷는다. 돌멩이가 멀리 날아가
자 그 자리에 풀썩 주저앉는다.

1. 소설과 희곡이 어떻게 다른지 이야기해 보자. 인물의 심리를
　　제시하는 방법의 차이에 대해 살펴보자.

2. 배역을 나누어 감정을 담아 표현해 보자.

3. 또 다른 장면도 희곡으로 고쳐 써 보자.

"현영, 외로워?"

가게에서 햄버거를 먹고 있는데 이모할머니가 물었다. 나는 고개를 저었다. 지난 일 년 동안 외로움은 나의 유일한 벗이었다. 새삼스러울 게 없었다.

"이거 받아. 찾느라 어제 온 집 안을 다 뒤졌지 뭐야."

이모할머니가 내놓으신 건 뜻밖에도 아이패드였다.

"아들이 준 건데 우린 쓸 줄 몰라. 네가 폰도 로밍 안 해 왔다고 해서…… 이 층의 컴퓨터는 우리가 저녁마다 드라마 보느라 독점하잖니."

나는 아이패드를 물끄러미 내려다보았다.

"한국 소식, 궁금하지 않아? 네 또래들은 인터넷 많이 하던데."

나는 조그맣게 중얼거렸다.

"궁금하지 않아요."

푸른파 피망

배명훈

1. '나'와 '채은신지'의 싸움과 행성 간 전쟁이 어떤 점에서 다른지 말해 보자.

2. 고기나 채소만 먹을 때의 맛과 고기와 채소를 함께 먹을 때의 맛을 표현해 보자.

3. "없었던 일이 아니니까 그렇지.

　분명히 있었던 일이니까 되돌리기 쉽지 않다고."

　우리는 남과 북이 따로 국가를 수립한 분단국가에 살고 있다.

　남북 관계를 개선하기 위해 정부와 시민이 해야 할 일에 대해

　토의해 보자.

누군가의 마음
김민령 소설 | 파이 그림 | 값 7,500원 | ISBN 978-89-364-5861-4

**알 듯 말 듯 엇갈려 온 우리 사이
언젠가는 닿을 수 있을까?**

눈에 띄지 않던 아이 강메리가 같은 반 남자아이들에게 차례로 고백하면서 교실 안이 술렁인다. 이제 고백을 듣지 못한 아이는 단 두 명뿐. 강메리, 너의 마음은 어떤 거니?

이사
정소연 소설 | 백햄 그림 | 값 7,500원 | ISBN 978-89-364-5862-1

**나의 우주는 이제, 달라질 거야
SF 작가 정소연이 펼쳐 보이는 새로운 세계**

지후는 가족과 함께 다른 행성으로 이주해야 한다. 아픈 여동생 지혜를 치료하려면 어쩔 수 없다지만, 지후는 부모님의 결정이 야속하기만 하다. 지후에게는 고향 마키엔데를 떠나면 안 되는 특별한 꿈이 있기 때문이다.

미식 예찬
최양선 소설 | 시호 그림 | 값 7,500원 | ISBN 978-89-364-5863-8

**비엔나소시지가 입 안에서 뿌드득!
내 사랑은 이토록 맛있게 시작되었다**

이른 사춘기를 걱정하는 엄마 때문에 유기농 음식만 먹어야 하는 지수. 그래도 예찬이와 함께라면 점심시간이 행복하다. 지수는 용기를 내 예찬이에게 고백하지만 대답을 듣지 못하는데……. "예찬아, 넌 내가 싫은 거니?"

누군가의 마음

김민령

1. 등장인물이 저마다 어떤 상황에 처해 있으며 어떤 행동을 보이는지 정리해 보자.

고재영	
천영표	중학교 때부터 일진으로 유명했다. 고등학교에 와서 말썽을 피운 적은 없다. 다른 아이들이 무뚝뚝한 영표의 눈치를 보는 편. 친구가 없는 고재영에게 말을 건넨다.
강메리	

2. 이 작품 속의 서술자 고재영은 형의 죽음으로 힘들어하지만 강
메리를 보면서 어떻게든 학교에 다닐 힘을 얻었다. 이처럼 힘
이 들 때 기운을 내게 도와주는 존재, 자기 삶의 동력이 되는
존재가 있는지 이야기해 보자.

창가 앞에서 두 번째 자리

김민령

1. 작품의 말미에 모은이는 애나가 상상 속의 친구였다는 사실을 알게 되었다. 모은이의 마음을 위로하며, 학교생활에서 모은이처럼 외로움을 겪은 비슷한 경험이 있다면 나눠 보자.

이사

정소연

1. "지후는 오빠고, 이제 다 컸잖아."

   가족에게 억울한 마음이 들었던 경험을 나누고, 어떻게 하면 억울한 마음이 풀릴지 가족에게 표현해 보자.

2. 이사나 전학, 혹은 낯선 환경에 적응해야 했던 경험을 소개해 보자.

1. 한 번뿐인 시험에서 떨어지고 만 수미가 우주 비행사 선발 재
   시험 기회를 얻고자 한다면, 본사를 상대로 어떤 의견을 제시
   해야 할지 토의해 보자.

미식 예찬

최양선

1. 본문의 내용을 참고하여 만든 다양한 상황을 상상해 보고, 상황별로 둘이 나눌 대화를 만들어 보자.

지수는 좋아하는 예찬이를 직접 찾아가서 왜 학원에 안 나오느냐고 물어보려고 합니다. 지수는 예찬이에게 준 손편지에 대한 반응도 궁금합니다.

편의점에서 만나 둘은 컵라면에 뜨거운 물을 붓고 자리에 앉았습니다. 어색함이 감돌아 지수는 마음 속으로 초를 세었습니다. 3분이니 180까지만 세면 된다고 합니다. 76초가 되었을 때 예찬이와 눈이 마주칩니다.

상황 **1**　예찬이는 이미 다른 여자친구를 사귀고 있었다.

지수 :

예찬 :

상황 **2**　예찬이는 지수가 쓴 손편지의 의미를 이해하지 못하고
있다.

지수 :

예찬 :

상황 **3**　예찬이는 지수랑 헤어질 아픔을 피하고 싶어 답을 하지
않고 있었다.

지수 :

예찬 :

2. 이성 친구를 처음으로 좋아하게 된 때가 있다면 이야기해 보
고, 그 기분을 담아 '첫사랑'이라는 글자로 3행시를 써 보자.

첫

사

랑

『미식 예찬』 수록작

상대의 법칙

최양선

1. 이 작품에서 '공기의 저항', '관성의 법칙' 같은 낱말의 의미를
작가가 어떻게 사용하고 있는지 말해 보자.

2. '질량 보존의 법칙'과 작품에서 말하는 '상대의 법칙'을 연관하
여 설명해 보자.

3. '공부를 못하면 일찌감치 자기 진로를 정해 갈 필요가 있다.'라는 주제로 토론해 보자.

칼자국

김애란 소설 | 정수지 그림 | 값 7,500원 | ISBN 978-89-364-5876-8

긴 세월 칼과 도마를 놓지 않은
어머니에 대한 기억

20여 년 동안 국숫집을 하며 '나'를 키운 어머니의 삶. 주인공은 어머니의 부고를 듣고 나서야 그 억척스러운 삶을 돌아보게 된다. 김애란 작가가 들려주는 가슴 뭉클한 이야기.

하늘은 맑건만

현덕 소설 | 이지연 그림 | 값 7,500원 | ISBN 978-89-364-5877-5

가슴 뜨끔한 거짓말!
푸른 하늘 아래 문기는 고개를 들 수 있을까?

문기는 심부름을 하다가 우연히 많은 돈을 받게 된다. 그 돈을 수만이와 같이 장난감을 사는 데 써 버린 문기는 곧 죄책감에 시달리고, 수만이와도 다투게 되는데……. 편치 않은 비밀을 품게 된 문기의 이야기. ★중1 교과서 수록작

뱀파이어 유격수

스콧 니컬슨 소설 | 송경아 옮김 | 노보듀스 그림 | 값 7,500원
ISBN 978-89-364-5878-2

우리 야구팀의 유격수는 뱀파이어!
뱀파이어도 인간과 함께 어울려 살 수 있을까?

계몽된 시대, 사람들은 더 이상 '다름'을 대놓고 차별하거나 멸시하지 못한다. 하지만 치열하게 승부를 겨루는 리틀 야구 대회에 뛰어난 실력을 갖춘 뱀파이어 유격수가 나타나자 그를 바라보는 사람들의 시선은 곱지 않은데…….

칼자국
김애란

1. 작품 속 화자는 어머니를 보면서 "어머니는 좋은 어미다. 어머니는 좋은 여자다. 어머니는 좋은 칼이다. 어머니는 좋은 말〔言〕이다."라고 이야기한다. 각자 자신의 어머니는 어떤 말에 빗대어 설명할 수 있을지 생각해 보자.

2. '어머니'라고 표현할 때와 '어미'라고 표현할 때 느낌이 어떻게 다른지 설명해 보자.

'어머니'라고 표현할 때	'어미'라고 표현할 때

3. 주인공의 입장에서 돌아가신 어머니에게 편지를 적어 보자.

하늘은 맑건만

현덕

1. 문기와 수만이의 성격이 어떻게 다른지 생각해 보고, 자신은 누구의 성격과 더 가까운지 생각해 보자.

> 문기의 성격

> 수만이의 성격

> 나의 성격

2. 소설의 마지막 장면에서 문기가 맑은 하늘을 떳떳이 볼 수 있게 된 이유를 적어 보자.

『하늘은 맑건만』 수록작

고구마

현덕

1. 소설 내용과 일치하는 문장에는 ○,
그렇지 않은 문장에는 × 표시를 해 보자.

- 기수와 수만이는 어린 시절 앙숙이었다. (   )
- 수만이는 아버지가 돌아가신 뒤 말수가 적어졌다. (   )
- 인환이는 수만이를 의심하는 아이들에 맞서 싸운다. (   )
- 기수는 한 번도 수만이를 의심하지 않는다. (   )

2. 친구들은 수만이가 고구마를 훔쳐 먹었다고 오해하고 추궁한
다. 이처럼 자신도 친구를 오해하거나 잘못 비난한 적이 있었
는지 생각해 보자.

....

....

....

....

....

3. 다음 장면에서 왜 기수가 부끄러워했는지 생각해 보고, 기수의
입장에서 속마음을 털어놓는 일기를 적어 보자.

묻지 않아도 수만이 어머니가 남의 집 부엌일을 해 주고 얻어 온 것이
리라. 수만이는 무한 남부끄러움에 취해 고개를 들지 못하고 섰다. 그
러나 그 수만이보다 갑절 부끄럽기는 인환이었다. 아이들이었다. 기
수 자신이었다.

일기장

년   월   일

뱀파이어 유격수

스콧 니컬슨

1. 소설을 읽고 야구 용어를 조사해 정리해 보자.

안타　　야구에서 타자가 1루 이상을 갈 수 있게 공을 치는 일. 또는 그 공.

파울　　파울 라인 바깥으로 떨어져서 안타 등으로 인정받지 못하는 공.

스트라이크

볼

볼넷

삼진

도루

세이프

더그아웃

2. 자신이 기자라면 제리가 나무 스파이크에 맞아 소멸하고 만 결승전 경기를 어떻게 보도할지 생각해 보고, 기사로 적어 보자.

"책 읽기가 점점
재미없어져요."

독서포기자들을 위한 새로운 소설 읽기 프로젝트

소설의 첫 만남

1. 뛰어난 문학 작품을 다채로운 그림과 함께 읽는다

새로운 감성으로 단장한 얇고 아름다운 문고입니다.
긴 글보다는 시각적 이미지에 친숙한 청소년들을 위해
다채로운 삽화를 더해 마치 웹툰처럼 흥미진진하게 읽힙니다.

2. 책과 멀어진 아이들을 위한 책

한 손에 잡히는 책의 크기와 길지 않은 분량 덕분에
그간 책과 멀어졌던 아이들에게 권하기에 적절합니다.

3. 학교 현장의 선생님들이 더욱 기대하고 추천하는 책

'소설의 첫 만남' 시리즈는 학교 현장의 선생님들에게 선공개되어
"이런 책을 기다려 왔다!"라는 뜨거운 기대평을 모았습니다.

4. 더 깊은 독서를 위한 마중물

깊은 샘에서 펌프로 물을 퍼 올리려면 위에서 한 바가지의 마중물을
부어야 합니다. '소설의 첫 만남' 시리즈는 아이들이 다시금
책과 가까워질 수 있도록 마중물 역할을 합니다.

"이런 책을 기다려 왔다!"
★★★★★

학교 현장에서 들려온 뜨거운 찬사
아이들이 먼저 손에 들고 좋아하는 책

"동화책에서 소설로 향하는 가교 역할을 하는 책." 서덕희(경기 광교고 국어 교사)

"우리 학생들이 재미있게 책 읽는 풍경을 기대하며 마음이 설렌다." 신병준(경기 삼괴중 국어교사)

"'소설의 첫 만남' 시리즈는 자신도 모르는 사이에
이야기 속으로 빠져들 수 있도록 재미와 기쁨을 전한다." 최은영(경기 미사강변고 국어교사)

"첫 만남은 언제나 가슴 설레는 일이다.
단편소설을 일러스트와 함께 소개하는 이 시리즈를 통해
책 읽기의 즐거움을 한껏 느낄 수 있기를 바란다." 안찬수(시인, 책읽는사회문화재단 상임이사)

작고 예쁜 문고판 서적이 독자들에게 찾아왔다. 시사인

문제집 내려놓고 소설책 집어 들 때를 위한 책. 연애 꿈 등 청소년의 고민이 담겼다. 부산일보

책 읽기에서 멀어진 청소년들이 우선 독자다. 개성 있는 일러스트가 돋보인다. 경향신문

웹툰처럼 편하게 소설을 읽는다. 경인일보

책을 손에 잡으면 잠부터 쏟아지는 사람을 위한 책.
독서에 익숙하지 않은 사람도 지루할 틈이 없다. 싱글즈

흥미로운 이야기와 매력적인 삽화로 무장했다. 다채롭게 읽힌다. 매일경제

소설의 첫 만남 활용북

펴낸이/강일우

책임편집/김영선

디자인/신나라

펴낸곳/(주)창비

등록/1986년 8월 5일 제85호

주소/경기도 파주시 회동길 184

전화/031-955-3333

팩시밀리/영업 031-955-3399 · 편집 031-955-3400

홈페이지/www.changbi.com

전자우편/ya@changbi.com